建立

橋口等 全句集

Hashiguchi Hitoshi

風詠社

鈴木石夫の御霊に捧ぐ

目次

第一句集

透明部落

蒼蒼と湖底の少女火を焚けり

巻貝のころがり春の潮満ちぬ

蜥蜴来て線路しなやかなる真昼

青年にはるかな乳房天の川

草焼けば印度を思ふ夏夕焼

桃二つ銀河に残る紅ほのか

海光り砂漠の底に魚眠る

電源や枯野ざわめく金頸鳥

始祖鳥ようしろの正面空明ける

稲刈るや天の空井戸に蝶螈棲まむ

納骨や夜明けの晩の銀河系

巻貝の記憶にけむる一人旅

胎内に母音のこだま花祭

闇に濡れ電流かよう少女の髪

黄昏の村へ泥鰌はもぐり棲む

暮れゆけば碧き石飛ぶ湖の村

海鳥の夢の沖まで枯れゆけり

未青年魚のねむりの渦巻けり

寄居虫の忌日海鳥鳴かぬなり

縄跳びの四肢の鐘鳴る花野かな

難破船銀河に永き櫓のねむり

桃の世へ剣のかたちで熟睡す

眠りゆく我が四肢未来完了せり

魚拓かの森の想ひ出舞踏会

艦首かの薔薇の夜明けへ断けり

鮟鱇やパリの憂鬱四畳半

冬銀河鳥のつばさも酒に濡れ

鳥を撃つ島よ少年掘り起こされ

鳥の乱入少年うつくしき精神科

老父の笛掘立小屋へ銀河の水脈

樹海澄みほろほろ禁猟区の少年

光る墓石水にまぎれて逢引せり

揚雲雀天の震撼地の哄笑

東へ麦刈りゆくは血縁か

光る少年・泥・草木・縄遊び

星を呼ぶ凍土よまるくみな眠る

祭り火や垂死の鶴のはばたけり

鳥も矢も野遊びばうばう大花火

むらさきの狩衣とろとろ鳥の腹

七夕の鯛はほろほろ火吹竹

竹とんぼ飛ばせば甘酢濃き濡縁

夕暮れの海よ雄鹿がすくっと起ち

幽界へ繃帯ながれゆき落花

うつうつと蝶を燃す日や我が忌なり

孑孑を嗅ぐや真昼のアンドロメダ

光る樹樹智歯がっしりと別れたり

都市の夜犬皆静かなる生殖器垂れ

野球の野はしゃぼんまみれか犬の国

雨期のめざめの白い食卓蝶を刺し

噫真昼縄跳び殺意陽はうるはし

井戸の底にて産卵期の鳥抱く少年

夕焼けは神話のほとり蝸牛

恋人は遠く着物を縫ひゐたり

編年史ならば赤茄子地に震はむ

柿の木に肝干す兄の船出かな

弟も銃嗅ぐか朝の犀走る

血縁や箪笥にひらく曼珠沙華

抱きあえば鶏らんらんと重くなる

坐骨ずっしり網干すような接吻する

しめころす鶴はいつしか父の首

鶴よ汝へ近づく母は撃たるべし

裏山の犬はらんぷを舐めている

青竹や斧へ未来を呼びかえす

餅投げの峠の西へ沈む犀

透明部落快晴なれば鶏糞干す

餅投げの上空発火透明部落

透明部落雹さんさんと麦の秋

昼顔よ透明部落に漏電あり

透明部落鳥居の御世の鳥の糞

鳥は光球洪水以後の若き父らよ

雲は石弾天体蒼き屋根普請

陽よ鳥よひづめのように肯定せよ

折鶴よ垂線のごと否定せよ

火吹竹少年まろぶ島の朝

花魁草銀鈴吸はば酩酊せん

ばうばうと霧の奥ゆく優しき馬

鶏赤く夕焼雲から逃げてゐる

腰巻がかくす麦秋父征けり

童貞や月蝕の噴水血の噴水

乳房や黄金空間母船停泊

赤土に犬死ぬ朝妹の秋

陰毛の光るが故に砂漠は在る

男根のそそり勃つ遠景を箒星

浴槽に繃帯おびただしき不在

わが荒野わが彗星は血を曳けり
わが銀河血の一滴の湖のあり
誕生やふなぐらの青い水たまり

終焉や海流の底に風車きしめり

花粉まみれの鳥の胸嗅ぐ裏山よ

軍帽の無帽の父よ酔はしむべし

兄の船出よ野は鮮血の野にあらず

父祖の地かわが禁猟の曼珠沙華

裏山をともしびいろに老父過ぎたり

不在郷野は深からむ昼顔よ

蛇の野の不在の川の蛇行かな

鶴ねむる夜へサーベルはしたたりたり

大航海菜の花畑を鰡跳ねて
埃まみれの鮮血レストランわが墓標
星畑で姉と抱きあう血とは何

鮒を飼う兄弟雨の麦畑

戦艦の上空絶対零度かな

待針の血痕日輪はつゆ逝かじ

撃ち落とさんわが血痕のある星は
今を走る馬とは遂に出逢はざりけり
地軸揺がず雪の倫理の在る大地

存在や沼深くなる枯野星

戦争がはじまる朝の黙す妻

戦争がはじまる母の櫛光り

戦争がはじまる光るさくらばな

戦争がはじまる濡れし紙の鶴

戦争がはじまる獄の弟死す

戦争がはじまる亡兄の『罪と罰』

戦争がはじまる父に死に場所なし

故郷や夜は街路樹も酩酊せり

麦畑のカンテラを哭す逃亡譚

快晴や無人艦いま無人湾

唖蟬や真昼の葬儀過ぎにけり

我見たり馬棲む河の逆流を

はじまりや案山子の臓腑濡れ光る

今を走る馬ぞ永遠は存在す

第二句集　こすもすろごす

こすもすノ一睡三十三光年

日輪ヤ鳶ノ飛行ノ大潮汐

剥落ヤ潮溜リニハ眠ル寄居虫

仙人掌草モ永キ休暇ノ銀河すくーる

じぱんぐノ夕空ダルマサンガコーロンダ

鯨糞漂フ原子力発電所上空ハ

天変地異カ雷雲ヨリ滑ル鷹鳩

物貰ヒノ一ツ目小僧青山在リ

薔薇十字麦藁十字メザセ翌檜

地ノ果マデ嘉セヨ朝日ノアカンベエ

荒磯ヤ大潮汐ニ父母ハ棲ム

海残照父ノ蹤キユク父ノ父

大陸ハ塵モ血モ澄ム箒星

東風吹カバ馬耳豊カナラン新大陸

秋風ヤ万骨枯レテ新世紀

春風ノ中央ニ公論セヨ諸君

新世界真白キ不二ノ巌ゾ花

新銀河サザレ星ニモ苔ノムスマデ

優曇華ノ咲クサザレ星新銀河
龍神ノ相搏ツ氷結時間カナ
緋ノ鶴ヨ地球ノ自転健カナリ

天球ノ柱ハ蜘蛛ノ囲カガヤケリ

乳飲ミ児ノ乳房ヲ吸フヤ尊厳死

愛電弓帝トハ霞ヲ破ル産声カ

ササメク光銀河すくーるノ曲馬団
花疾風海茫茫ト「サヨウナラ」
革命葬送反魂香ノ朝ボラケ

黄金虫最初ノ晩餐ニ遅レタリ

南風東支那海ノ潮ノ道

河口暮色めそぽたみあノ暮ラシノ時

彼ノ乳歯屋根ヨリ落チズ生キ残ル
金環食ぼくさー・じょーノ黒イ涙痕
聞キ澄マセ電波写真ノ銀河ノ潮騒

廃鉱山注連縄トシテクチナワ棲ム

痩身長軀しべりあ寒気団南下スル

朝焼ケノ雲ヨリ出発セヨ未来

鯨飲トヤがらぱごす諸島ノ饗宴ハ
しべりあノ落日涙ハ燃エ尽キテ
魂消タヨバアサンガ見タ茸雲

茸雲黒キ曼珠沙華アリヌベシ

生者死者半死者睦ム星月夜

大空ヨ拒絶ノ遺志ノ時計塔

海蒼シ眠タキ父母ト翻車魚ト

えっふぇる塔ガ火星ヲ祝ス復活祭

団子虫ノ金甌無欠ノ擬死真昼

雨垂レノ天衣無縫ノ菜ノ花畠

夜桜ノ首ッ丈ナル星空ヨ

鬚都東京鬚根ノ千夜一夜カナ

鬢都東京蜘蛛ハ夜ナ夜ナ月ヲ待ツ

寵馬ノ跳躍一擲スハヤ日本

筏燦燦銀河すくーるノ探検隊

竹馬ノ豊饒ノ馬銀河すくーる

星間婚礼檸檬一顆ノ盛装トゾ

復員兵蹌踉トシテ海深シ

偏西風ガ雷神ヲ呼ブ秋津洲

偏星風颯颯トシテ光紀元年

時ハ今光紀元年ノ出逢ヒカナ

星空ヨ命ナキ砂ノ命カナ

夜光虫ハ想ヘリ星空モ又海ト

ぼるねおヤ曼陀羅華ヨリ朝ノ風

ふぃじー諸島陰毛鬱蒼タルらばー

野火遙カ尚ホ遙カナルさざんくろーす

絶海ヤ陰茎トシテ隕石落ツ

資本主義的雨ナリ濡レルナ旅人ヨ

岬へ走ル斜視ノ神神資本主義

反資本主義的針葉樹林ノ獅子吼カナ

蜜蜂ノ羽音ヨ雨ノかさぶらんか

夜間飛行ノ果ナル自由ノ女神カナ

蓮華草ノ田ノ一枚ノ夜間飛行

大阿蘇ヨ土竜ヲ撫ヅル鯤ノ鰭

鯉幟昼寝豊ケキ風神ヨ

八朔ノ花ノ真白キ天気カナ

じゃすみんノ八十八夜ノ眠リカナ

濁リ鮒神モ裸足デ歩ムラン

不知火ヤ犀ノ大脳青光ル

村村ニ熊蟬来タル祭カナ

星空ヨ登校拒否児ノ徐波睡眠

黄金海岸健ぽー症ノ黄金虫

議事堂ノ静寂ハルカナルおりおん

夜空ヨリ泳ギ来タリシ真神カナ

抹香鯨ノ潜水ノ絶対時間カナ

太陽ヤフグリモホトモ襟ヲ正シ

夜這星ノ尽キザル荒野ヤスラケシ

無人島無数ノ電波行キテ帰ラズ

熟睡ノ虎穴ノ虎子ヨ酔虎伝

中原ニ鹿モ管巻ク酔虎伝

原生林陰茎陰唇ヤスラケク

星空ノしりうす冴ユル饗宴ゾ

御日様ハ御蔭様トヤ帰リ花

孟宗竹天涯孤独貫カン

眠リユク翼竜大地星空ヨ

流星雨獅子ノクシャミノ谺カナ

たいたにっくノ汽笛遙カナ銀河すくーる

子燕ガ虹ヲ吸ヒ込ム銀河すくーる

時ハ流レズ絶海ニ日輪停止セリ

まんもすノ尿スル大地蠅虻蚊

誕生ヤ宇宙まんもすノ大放屁

サマヨヘル宇宙まんもすノムクロカナ

一斉蜂起カ丑三ツ時ノ天狗茸

異議ナーシ耳成山ノ蟬時雨

てれびノ上ニ蟬殻祀リ聖家族

水鉄砲ニ空気ガハジケ聖家族

嗚呼夕日夕波千鳥ゆーらしあ

カグヤ姫カグハシいーすたーノ大落暉

天命ヤ春太陽ヨリ雪降リヌ

死ヲハラム桜一片ノ光カナ

生死今宇宙ノ轟音烈火カナ

夜桜ノ芯へ降リ込ム雪一片

流星ニ咲キ継グスミレ草トナレ
天ヲ仰グ人ノ瞳ヨ澄ム宇宙
赤腹ヤ幼年黒キ日輪アリ

初時雨あぽろ計画類人猿

夜明ケ前宇宙まんもすノ鼓動カナ

星空ヨ宇宙まんもす胎動ス

月面花野宇宙まんもす脳震盪

銀河すくーる永遠停止ノ時計塔

銀河すくーる降誕祭ハ星祭

水鉄砲ハ光ヲ飛バス銀河すくーる

山脈ヲ星脈ト呼ブ銀河すくーる

ろごす島沛然タルハ日輪ノ雨

第三句集　徳魂

殉教の丘にてをかしを食ひにけり

竈火やマリア観音立ち尽くし

荒星よ隠し十字に潮満ちぬ

殉教や浜昼顔は夜も咲きつつ

月天心人《じん》間《かん》距離を測量せむ

若鮎の跳ね今生の出逢ひかな

フィアンセとは雪雀野をくすぐる人かしら

恋人は静かに箸を使ひけり

熊蟬や熊なき里ぞ故里は

大いなる墳墓ぞ熊襲曼珠沙華

船長の放尿海のかんきかな

樽に棲むめいそうの黄金時間かな

妻の名を呼べば潮満つ月明かり

コスモスは流紋岩に懸想した

晴天や造山運動ひとねむり

巨鯨沈む天球異変あらざりき

ソフトボールの頭上柘榴がはじけつつ

鶴の国父郷と呼べばしぐれけり

尽忠報告我も銀河の一粒子

ヒト群れて犬も消えゆくばんかかな

その朝や空には弔旗地に群狼

杞の国の物草太郎春の雨

口を開く燕遙けく友いませり

蒼穹に聳え立つ父鶴来たり

妻と伏す大干潮の春野かな

山高帽に螽斯させて何の曲

曼陀羅や陰毛より落つ潮の水

うつらうつらと寂滅為楽の山河かな

馬刀貝の舌先一寸なれど初恋

家が建つ焦土よ火龍は昼寝して

父となりけり噴煙もなき桜島

長子生誕鳥獣虫魚の涙雨

妻は産み夫《つま》は存在しえたりき

妻よ答へよ我が魂の海燃ゆか

つくしんぼの突っ立つ彼方アンドロメダ

太刀魚を呑む海豚いざ饗宴へ

端午の屋根へ降り積む光時ぞ今

父母の亡き児の丹田へ揚がれよ雲雀

祝祭や鯛犀となり踊りつつ

天《あっ》晴《ぱれ》ぞ日輪ひとつ月一輪

幼年を断固支持せよ蟻の道

乾杯や一番星へ鮎跳ねて

蜘蛛蛾蟻喊声喃語蟻蛾蜘蛛

つばくらめ新世界より風は来る

大楠の樹齢不乱の新生児

ジュラ紀まで虹を飛ばせるちんちんぞ

産院の便座に父は眠りこけた

稲妻や我が墓標なる曼珠沙華

彼岸花此岸は雨の我が忌日

霜強し日輪藪よりあかんべえ

黒潮の蛇行旅寝の青甘蕉

寒気団南下する抹香鯨かな

啓蟄やいきなりグランドキャニオンへ

空蟬に尊厳生をたてまつる

白南風よ潮の道即海の道

三ケ日故山に鬼火まぎれなし

荒星よ昂然たるは父のふぐりぞ

潮干狩天も無数の目をひらき

春一番黒潮の黒深まりぬ

沖に虹天道虫も御前崎

食虫植物の顎外れつつ春の旅

火事跡のサルビアの花時は逝く

白南風の吹き抜け蟬の穴深し

空中に奔流あるか揚羽蝶

馬追の鳴く闇使者は死者ならむ

産声や脳球天球発光し

白南風や日輪若きポセイドン

まほろばよ蒼天に鶴帰り来る

黒潮の灯台守のめぐる血潮よ

茱萸の実よ樹下に弟泣きじゃくる

登校拒否の少年サバンナの燃ゆる瞳ぞ

轍鮒とや鳳凰羽撃つ朝ぼらけ

時津風いざや銀河へ幽霊船

唐諸の太る大地や夜這星

回転木馬大楠の洞《うろ》銀河の洞《うろ》

寒波襲来故郷全山くつくつと

片耳の大鹿に捧ぐその名徳《とく》魂《こん》

静かの海に真清水あらんその名徳《とく》魂《こん》

星をめぐる徳《とく》魂《こん》といふ巡礼よ

徳《とく》魂《こん》へ星星きしめり宇宙大祭

球磨川暮色灯火親しき鮒や鯉

雪無限鶴のまなこは滲みけり

山山は背骨を鳴らす鶴の国

鶴の国天心に鳴る日の鐘よ

故山はや鐘鳴らすなり鶴の国

大学を包む大いなる麦埃

麦畑の真昼そのまま大学へ

激情激震空蟬驟雨水晶体

激震や首相官邸の大揚羽

跳ねる鮎妻よ明日の天気は何

家蜘蛛に盤石の知恵ありにけり

草蜘蛛の胎内青く暮れ残る

豊かなる闇星空が吸う星屑

乳房よ樹液親しき鍬形虫

射《ぬ》干《ば》玉《たま》の夜の樹木の樹液かな

原野原石源流原論原故郷

原故郷我が血弾の伏す山河

火口湖の激しき水よ我が血弾

春の朝半眼の透明部落かな

木枯らしの吹き抜け宇宙星枯らし

黒潮や黒の永遠なる序章

泳ぐべし静かの海で古池で

黒南風よ地下熟睡の蟬の仔よ

朝焼けや人待ち顔の猿の腰掛け

熊蟬の祝祭の日日青山河

ががんぼよ倫敦の霧深からむ

無位無冠鎌切鎌を高くあげ

竹節虫の擬死無一文無心無私

幼年やみじんこ眠き春真昼

無冠戴冠落日旭日恍惚漢

赤富士や胡弓に泣きて馬謖を斬る

春の田の呵呵大笑や薩摩富士

南海や蒼天砕けなほ蒼天

祖父曰く「月夜の蟹《がね》は痩せとっなあ」

祖母曰く「蓬餅《ふつもち》はなあ節句がよか」

曾祖父や「闇夜は河童《かっぱ》に引かるっな」

曾祖母や「豆腐《おかべ》は雪んごと白かあ」

星空へ帰る涙よ夜桜燃ゆ

星空よ流星炎上菫草

菫草の一粒の涙即ち徳《とく》魂《こん》

第四句集　鶴恋暮

鶴恋暮弟妹つかまらず

猫の恋ならず骨折し脱臼し

日輪や吾も吾妹も潮まみれ

黄砂降る黒潮黒を深めつつ

春はあけぼの筑紫の次郎ひらめきぬ

花吹雪雄鶏は目を閉ざしけり

霾るや土蜘蛛の巣の長き昼

熊蟬の尿のはるかに昼の星

夏雲を麒麟が食べる此岸かな

寒鮒を釣り上げ天上かぎりなし

天道虫今夜もきっと星空だ

野苺の花のましろきあにおとと

早蕨の萌えそめ獣道あたらし
ちちははの眠りは若布なびきけり
あめんぼの夕焼空は水のふるさと

熊蟬や太陽かぎりなき故郷

銀やんま故郷の風は眼を吹き抜く

海真昼魚はしとねにまどろみて

朱欒一顆ちちははの恋そふぼの恋

生き様はまさに死に様磯巾着

死に様はまさに生き様吊し柿

浜昼顔殉教の地は真昼なり

汐干狩干潟はるかに父の肩

蠑螈棲むふるさと今ぞ夕焼空

鮎跳ねて裸身なりけり金星も
妻かなし青空に傷なけれども
山上湖ひそと獣ら裸身たり

舟虫の逃げ足はやき落日よ

蜘蛛の囲に星も落ちこぬ良夜かな

床下の光陰ふかき蟻の巣よ

緑陰や人間魚雷回天奔る

蜜柑の花火星探査機に散りこぼれ

にほふかな故郷木星花柘榴

五月よ五月海豚は夕日へ跳躍す

落日を突き落とす海豚の跳躍よ

父祖の地や御馳走は鶴の鍋とかや

ふるさとや鶴は朝焼けを鳴きわたる

枇杷の実のうぶ毛よマゼラン星雲よ

兄弟の眠るしじまよ米搗虫

蛞蝓の道あり塩の道もありき

冬晴よ双眸ひそむ原生林

阿蘇真夏日輪を突く鳳凰よ

蜘蛛の囲の蜘蛛の倒立天動説
飛魚の飛翔哄笑の波がしら
飛魚の哄笑飛翔の波がしら

次子生誕噴煙強き桜島

稲刈るや銀河系微風だにあらず

熊笹のさわさわさわさわと虎狩りよ

朝霧や鞍馬天狗は跣とか

艫綱のきしみも鯊の日和かな

沢蟹の影さやかなる良夜かな

殉教や黒潮の黒鳴りやまず

大晦日猿も巷へかえりくる

鵙日和枯木は瘤を干しにけり

寒鯉の髭に昼寝をする亡児

雪晴れの日輪深き山河かな

兎罠山山は高く月を載せ

鴨に銃口向けしまさに父

山眠る即ち海原眠るなり

満月の軍艦想へ冬怒濤

春の海はるかに犀の角光り

殉教や浜昼顔は目を開き

かぐはしや幼年棕櫚の花一番星

満身創痍武蔵坊弁慶そして地球

降る雪や巍巍と狼立ち尽くす

神神眠り山山眠り寒満月

鵙日和我が裏山は無何有之郷

荒星や突出したる枇杷の花

友は亡し紅梅天に咲き満ちて

尋常や金星にほふ朝ぼらけ

茱萸赤し海は遙かに照りつつも

すでに秋狸の白きされこうべ

金星は墓標か我はすでに死者

阿蘇大輪秋晴なだれ落ちにけり

蓑虫や天地無用の父の背よ

母なりき花野は櫂のしづくに満ち

かぐはしや馬追の鳴く昼の闇

鵙の贄鵙燦然と死にゆけり

さいはての断崖霧は霧を喰み
夏は夜坂東太郎は闇のしと
白南風や地下水系も岩走り

花吹雪空の果てなる海の果て

霾るや大日本帝国陸軍亡し

梨の花一瀉千里の大空よ

端午なり黒き光の熊ん蜂

妻は葉隠れ我は木隠れ青梅よ

死ねとこそ海月漂へ日本海

捕虫網に残る足音あにおとと

炎天や膾を吹ける猿田彦

風神の昼寝日和や稲を刈る

初時雨ふぐりの萎えしジャワ原人

鶴鳴けり明日も燦然たる日輪

瀬戸夜明け鶴は星空を渡り来る

秋高し海底火山休眠中

天高し侃侃諤諤鴉の国

一番星あれは妻恋ふ鹿の瞳

鵙日和即ち土竜日和かな

友達よ鯊の日和に鯔が跳ね

錆鮎の白昼堂堂たる産卵

血盟団それは花野の人・馬・蚤

吊し柿星霜荒荒しき故郷

ぼんたんよお前も俺もいなかもん

神神は目覚めたり寒満月よ

星空のマンモス凩と共に去りぬ

大空よ双眸強きジャワ原人

むささびの跳ぶ山深き月明り

鶴恋暮まさしく轟然たる日輪

鶴恋暮浩然として沈む日輪

鶴恋暮日輪凝然とどまりぬ
潮招き日輪招き海満ちぬ
白富士や白骨おびただしき南海

菜の花よ汝もノアの箱船に乗れ

春夕焼マゼラン海峡明日は凪ぎ

鳥雲に黒潮に乗る笹舟よ

夕日へ跳ぶ若鮎よ汝永遠たれ

田螺の道水田の底の月あかり

捕虫網の網目より見し夕焼空

青嵐プテラノドンが昏倒し

友死せり棒振は尻ふりやまず

潮騒は塒なりけり鶴恋暮

第五句集　宇宙遊弋

むささびの無限滑空宇宙山脈

いのししのしとねは霧か宇宙山脈

流星はおほかみのしと宇宙山脈

銀河へ鶴は羽毛を降らす宇宙山脈

恐龍が恐龍を負い宇宙山脈

宇宙山脈銀河は鳥の夢の果て

宇宙山脈ブラックホールは蟬の穴

宇宙山脈樹海に箒星ねむり

宇宙山脈樹齢一万光年なる切株

宇宙山脈分け入る僧の無限行脚

コスモスの一睡無限宇宙大陸

水仙はともしびである宇宙大陸

ブラックホールのおとなり虎の穴宇宙大陸

銀河を貫く針葉樹林宇宙大陸

極光に漂泊者の影宇宙大陸

宇宙大陸皇帝ペンギン倒れ伏し

宇宙大陸氷河を断ち割る真清水よ

宇宙大陸氷河が燃えて星祭

宇宙大陸いきなり時計塔そびえ

宇宙大陸星星の影人の影

蛍火は星のうぶすな宇宙渓谷

光蘚が星星を呼ぶ宇宙渓谷

沢蟹の無限遊泳宇宙渓谷

箒星の休息は死か宇宙渓谷

箒星のむくろのひかり宇宙渓谷

宇宙渓谷螢火の絶対零度のぬくもり

宇宙渓谷銀河へ昇る狼煙あり

宇宙渓谷火吹竹にて父を呼ぶ

宇宙渓谷母なる隕石根を張りぬ

宇宙渓谷妻しろがねに羽化しつつ

潮招きが彗星招く宇宙海流

静かの海の無数の馬刀の穴宇宙海流

水星は潮騒とよむ宇宙海流

白鯨が流星降らす宇宙海流

彗星招く皇帝ペンギン宇宙海流

宇宙海流海星は死して星となる

宇宙海流一寸法師の櫂使い
宇宙海流幽霊船の推力無風
宇宙海流血潮も青くめぐりつつ

宇宙海流黄泉路の果てへ海の道

汽笛一閃星星強き宇宙鉄道

線路には夜光虫燃ゆ宇宙鉄道

氷の如く燃ゆる火のあり宇宙鉄道

箒星が夢をかおらす宇宙鉄道

少年の眠り果てなき宇宙鉄道

宇宙鉄道テールランプは螢火か

宇宙鉄道寝台車には眠る流星

宇宙鉄道光をこぼし光をくみ

宇宙鉄道星星に今を届けつつ
宇宙鉄道星星に永遠を届けつつ
いっせいに花びら昇る宇宙都市

霾るや熱砂に遠き宇宙都市

天心を涅槃西風吹き宇宙都市

亀鳴いて呵呵大笑の宇宙都市

龍天に昇り泰然宇宙都市
宇宙都市霧を吐き出し霧を呑み
宇宙都市おほかみの祭の明星よ

宇宙都市星星の海不知火の海

宇宙都市雀蛤となり星となり

宇宙都市明滅龍は淵に潜み

織姫の裳裾を流星宇宙婚礼
牽牛は牛糞にほふ宇宙婚礼
河鹿鳴き亀鳴く天の川宇宙婚礼

そのかみの星のまぐはひ宇宙婚礼

オリオンへ白鯨跳ねて宇宙婚礼

宇宙婚礼コスモスは永遠に眠る花

宇宙婚礼蛙の唄が呼ぶ流星

宇宙婚礼星星に光る繭あらしめ

宇宙婚礼月より響く水夫の唄

宇宙婚礼聖餐は星星の青雫

金平糖は一粒の星宇宙大祭

皇帝ペンギンの燦然と凍りゆく宇宙大祭

鶴の目が星となりゆく宇宙大祭

蟻地獄の渦無限なる宇宙大祭

銀河より燃ゆる雹来る宇宙大祭

宇宙大祭檸檬一顆はエキストラ

宇宙大祭銀河に噴煙ありにけり

宇宙大祭眠れる白鳥座一番星

宇宙大祭夜這星など寝坊して

宇宙大祭旅寝の果の箒星

半鐘が自から鳴る宇宙大葬

母衣馬車が月より帰る宇宙大葬

月光を泳ぐ山椒魚宇宙大葬

大楠の樹液沸騰宇宙大葬

まつかぜ止みしまぼしの声宇宙大葬

宇宙大葬快晴にして乾く牛糞

宇宙大葬弔旗は菜の花の銀河スクール

宇宙大葬アンドロメダより流星雨

宇宙大葬ケンタウロス座の青きともしび

宇宙大葬蠍座が碧く燃えてゐる

鳥瓜のほのかなあかり宇宙漂流

涙が洗ふ星のひかりよ宇宙漂流

祈りにて星をあらしめ宇宙漂流

星星の花は雪なり宇宙漂流

眠りつつ星産み落とす宇宙漂流

宇宙漂流風鳴りは星鳴りである

宇宙漂流うみの中にて海ねむる
宇宙漂流生死の果てのともしびよ
宇宙漂流星と星とのめぐり逢ひ

宇宙漂流絶対光度の時間かな

杖五尺白髪三千丈宇宙遍路

たましひをともしびとなし宇宙遍路

花も凍て星星も凍て宇宙遍路

銀河より花散りやまず宇宙遍路

しかばねは流星となり宇宙遍路

宇宙遍路銀河の墓地の曼珠沙華

宇宙遍路繭のねむりのあからみて

宇宙遍路ねぐらは白鳥座の影か

宇宙遍路銀河を渡りとこしなへ

宇宙遍路たましひは星星を鳴らしめて

花一片流星となり宇宙巡礼

花を踏みしめ時を踏みしめ宇宙巡礼

螢火をしるべとなせり宇宙巡礼

おほかみもしづしづ歩む宇宙巡礼

凍てつきし星影を踏み宇宙巡礼

宇宙巡礼一番星は誰が祈り

宇宙巡礼北極星は誰がために鳴る

宇宙巡礼白髪痩軀いざ生きめやも

宇宙巡礼たましひは星星をあかるませ

宇宙巡礼星星をして祈らしめ

跋

本書は、既刊第一句集『透明部落』（一九九一年　黙遙社刊）、既刊第二句集『こすもすごろす』（二〇〇一年、青木印刷刊）に、新たに、未刊の、第三句集『徳魂』、第四句集『鶴恋暮』、第五句集『宇宙遊弋』を加え、『建立　橋口等全句集』として仕立て上げ、江湖に問うものである。

昨今の俳句界は、俳句隆盛とも称すべき殷賑の陰に、詩としての、本来の俳句の衰退という様相を呈しているかに見受けられる。本書が、たとえ僅少なりにせよ、俳句史を前進させ得るとしたら、著者にとって望外の幸というほかはない。

二千十七年　四月二日

橋口　等（はしぐち　ひとし）

1956　鹿児島県出水市にて誕生。
1972　『歯車』（鈴木石夫代表）に参加、後退会。
1978　『未定』創刊号に参加、後退会。
1998　『吟遊』創刊号（夏石番矢代表）に参加、後退会。
2015　『九州俳句』に参加、現在継続中。
現在、現代俳句協会会員
　　　鹿児島県現代俳句協会理事

建立　橋口等全句集

2017年11月3日　第1刷発行

著　者　橋口　等
発行人　大杉　剛
発行所　株式会社 風詠社
〒553-0001　大阪市福島区海老江5-2-7
ニュー野田阪神ビル4階
Tel 06（6136）8657　http://fueisha.com/
発売元　株式会社 星雲社
〒112-0005 東京都文京区水道1-3-30
Tel 03（3868）3275
装幀　2DAY
印刷・製本　シナノ印刷株式会社

ISBN978-4-434-23951-9 C0092